Brady Brady
et la vedette

Mary Shaw

Illustrations de Chuck Temple

Texte français de Jocelyne Henri

Éditions
■SCHOLASTIC

Catalogage avant publication de Bibliothèque
et Archives Canada

Shaw, Mary, 1965-
[Brady Brady and the singing tree. Français]
Brady Brady et la vedette

Traduction de : Brady Brady and the singing tree.
Pour enfants de 4 à 8 ans.

ISBN-13 978-0-7791-1574-7
ISBN-10 0-7791-1574-0

I. Temple, Chuck, 1962- II. Henri, Jocelyne III. Titre.
IV. Titre : Brady Brady and the singing tree. Français.
PS8587.H3473B73714 2002   jC813'.6   C2001-903719-8
PZ23.S52Brv

Édition publiée par les Éditions Scholastic,
604, rue King Ouest, Toronto (Ontario) M5V 1E1.

6 5 4 3 2   Imprimé au Canada   07 08 09 10 11

À Brad,
un père et un partisan merveilleux.
Mary Shaw

À Kathy,
pour sa présence.
Chuck Temple

Brady est inquiet. Depuis quelque temps, son ami Elwood n'est pas très heureux. Brady croit savoir pourquoi.

La première fois qu'il est entré dans le vestiaire des Ricochons, Elwood a été surnommé « Titan » à cause de sa grande taille. Titan préfère son surnom à son nom. Et il adore jouer au hockey juste pour s'amuser.

Le père de Titan ADORE le hockey lui aussi, mais pour une raison différente. Il rêve de voir un jour son fils devenir une grande étoile et jouer dans la LNH. On dirait que c'est tout ce qui compte pour lui. Alors, quand Brady remarque l'air abattu de Titan, il devine ce qui le tracasse.

Entre les matchs, le père de Titan lui fait toujours faire des redressements assis, des tractions et des courses. Titan déteste les courses.

En se rendant à l'aréna, son père n'arrête pas de parler de hockey. Titan aimerait bien écouter la radio.

Avant les matchs, pendant que ses amis s'amusent dans le vestiaire,
Titan reste avec son père. Ils s'assoient dans les gradins et
observent les équipes sur la glace. Son père commente les bons
et les mauvais coups des joueurs.

Durant les matchs, Titan, comme tous les joueurs et les partisans, entend son père lui crier :
« Patine plus vite! » « Lève la tête! » « Réveille-toi! »

C'est embarrassant. Parfois, Titan voudrait retourner au vestiaire et oublier le hockey. Il aimerait bien que son père comprenne qu'il veut seulement jouer pour S'AMUSER.

Tous les joueurs des Ricochons sont tristes pour Titan. Brady voudrait bien l'aider, mais il ne sait pas quoi faire. Un jour, tout en se préparant pour le match, Brady se met à rêver tout haut. Les autres joueurs ne tardent pas à l'imiter, même Titan.

— Ce serait génial de réussir un tour du chapeau dans la LNH! commence Brady.

— Ce serait génial de pouvoir jouer dans la LNH! s'exclame Tess.

— Ce serait génial de remporter une victoire dans la LNH! dit à son tour Charlie.

— Ce serait génial de chanter à un match de la LNH! s'écrie Titan.

— QUOI?

Tous les joueurs reviennent subitement à la réalité.

— As-tu dit chanter? questionne Brady.

— Oui, Brady Brady, répond Titan. J'ai toujours rêvé de chanter l'hymne national à un match de la LNH. Mais ne le dis pas à mon père.

À cause de leurs rêveries, les Ricochons doivent se dépêcher de lancer leur cri de ralliement.

« On est les plus forts,
On est les meilleurs,
Titan veut être chanteur,
On est tous d'accord! »

Les Ricochons sortent en vitesse du vestiaire et, sans dire un mot, poussent Titan au centre de la glace. La foule est silencieuse. Personne ne sait ce qui se passe, à commencer par Titan.

— Tu n'es pas obligé de le dire à ton père, lui chuchote Brady. Montre-lui.

— Brady Brady, je ne…
Tout à coup, Titan se retrouve seul; il ferme les yeux, lève
le menton, ouvre grand les bras… et se met à chanter.

Quelle voix incroyable!

À la fin de l'hymne national, la foule applaudit et siffle. Les deux équipes frappent leurs bâtons sur la glace. Il n'y a jamais eu autant de bruit dans l'aréna.

Titan sourit timidement. Il cherche son père des yeux dans les gradins.

Son père, lui, ne sourit pas du tout.

En revenant à la maison après le match, le père de Titan lui rappelle qu'il est un joueur de hockey et non un chanteur.

— Mon fils n'échangera pas son bâton de hockey contre un microphone! dit-il d'un ton catégorique.

— J'aime le hockey, papa, dit Titan, la gorge serrée. Et je veux jouer, mais seulement si je peux m'amuser. Et seulement si je peux chanter avant tous les matchs des Ricochons. L'entraîneur me l'a déjà demandé, et j'ai dit oui.

Le père de Titan a l'air surpris. Il veut protester,
mais il change d'idée.
— Dans ce cas, si c'est ce que tu désires, je vais
respecter ta décision. Mais tu devras redoubler
d'efforts lors des entraînements.
Titan accepte, et le marché est conclu.

Pendant un certain temps, tout se passe bien. Titan est tellement heureux de chanter que son jeu s'améliore. Son père en est enchanté. De plus, les Ricochons deviennent de plus en plus populaires, sur la glace comme en dehors de la patinoire. Tout le monde parle de leur performance au hockey et du joueur qui chante l'hymne national. Un journaliste du journal local vient même interviewer Titan.

Puis un jour, l'entraîneur leur annonce une surprise : les Ricochons ont été invités à patiner entre les périodes lors d'un vrai match de la LNH!

Pour tous les joueurs, c'est un rêve qui se réalise. Pour Titan, c'est un cauchemar qui commence.

— Mon père va penser que c'est l'occasion unique pour moi de devenir une étoile de hockey, dit-il à Brady. Que va-t-il se passer si je fais une gaffe devant tout le monde et que je le déçois?

— Tu ne le décevras pas, lui répond Brady. De plus, nous serons tous avec toi. Tout ira bien!
Malgré les encouragements de Brady, Titan est terrifié.

Le soir du match de la LNH,
le stade est rempli de partisans bruyants.
Du vestiaire, les Ricochons entendent
les rumeurs et les cris de la foule.

Quand on frappe à la porte, tout le monde sursaute, surtout Titan.

— C'est le moment! annonce l'entraîneur.

— Mais nous ne sommes pas censés y aller avant la fin de la première période! s'étonne Brady.

— C'est vrai pour le reste de l'équipe, mais pas pour Titan, dit l'entraîneur en souriant. Je vous ai réservé le meilleur pour la fin. Titan va chanter l'hymne national!

Titan est abasourdi. Il reste figé sur place, la bouche grande ouverte.

— Qu'est-ce que tu attends? dit une voix derrière lui.
Titan se tourne et voit son père, un microphone à la main.
— Je t'échange ce microphone contre ton bâton. Mon fils, tu es le meilleur chanteur de l'hymne national que je connaisse.

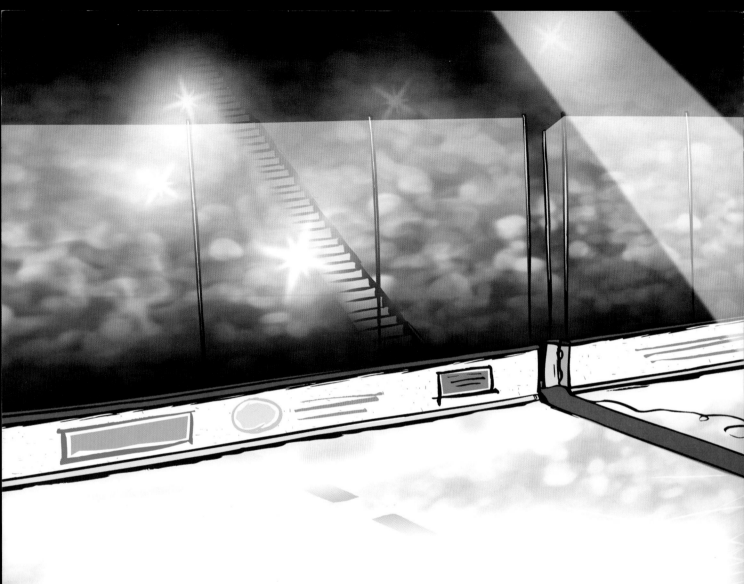

Les partisans se calment dès que les projecteurs illuminent
le centre de la glace. Titan s'avance dans le cercle de lumière;
il ferme les yeux, lève le menton, ouvre grand les bras…
et se met à chanter.

En saluant la foule qui l'applaudit, Titan aperçoit le visage de son plus grand partisan derrière la vitre, le sourire fendu jusqu'aux oreilles.